Nieve, renieve, requetenieve

Xosé Cermeño

ediciones **sm** Joaquín Turina 39   28044 Madrid

Colección dirigida por **Marinella Terzi**

Primera edición: diciembre 1995
Segunda edición: noviembre 1996

Traducción del gallego: *Xosé Cermeño*

Título original: *Neve, reneve, requeteneve*
© Del texto: Xosé Cermeño, 1995
© De la traducción: Xosé Cermeño, 1995
© De las ilustraciones: Avi, 1995
© Ediciones SM, 1996
   Joaquín Turina, 39 - 28044 Madrid

Comercializa: CESMA, SA - Aguacate, 43 - 28044 Madrid

ISBN: 84-348-4801-5
Depósito legal: M-40704-1996
Fotocomposición: Grafilia, SL
Impreso en España/Printed in Spain
Orymu, SA - Ruiz de Alda, 1 - Pinto (Madrid)

Una historia para leer en la cama,
porque fuera te vas a constipar.

Hola, yo soy Pablo
y te quiero contar
una historia con mucha nieve.
Así que,
antes de pasar la página,
¡ponte un pijama que abrigue
y tápate con la manta
hasta la nariz!

Un sábado,
la temperatura bajó
y nevó todo el día.

Por la tarde,
yo estaba más que harto
de ver tanta nieve,
pero la nieve
aún no se había cansado
de caer del cielo.

Y también nevó por la noche,
de principio a fin.

Los copos hicieron una alfombra
en las calles
y en los campos.
    Poco a poco
fueron acumulándose
de tal manera
que cubrieron los buzones
y los cubos de la basura.
    Era tan difícil
salir de casa
que papá tuvo
que coger una pala
para ir al quiosco.

Después,
la nieve tapó por completo
los coches
y los árboles pequeños.
    «¡Ya basta!»,
decíamos todos.

Pero a la señora Nieve
no le parecía bastante.
   Nevó y nevó
hasta que desaparecieron
los semáforos,
las fuentes,
los colegios
y también los árboles más altos
de los parques.

—¿Nevará todavía más?
–pregunté a mi papá.
—No creo
–me contestó riéndose.
—Es imposible, Pablo.
Ya tenemos aquí
toda la nieve del mundo
–dijo mi madre.

Pero estaban muy equivocados.
Siguió nevando.
Nosotros vivimos en una casa
de tres pisos
y el domingo
la nieve llegaba a la altura
del tejado.
Por las ventanas
no veíamos más que nieve
y ni siquiera podíamos abrirlas.

14

Papá se asomó por la chimenea
y nos contó que sólo veía
las antenas de televisión
y otras chimeneas
con señoras y señores
que se asomaban como él.
Todo lo demás
estaba bajo la nieve.
Aquello iba para largo.

16

Papá, mamá,
mi hermana Sara y yo
pasábamos los días
en el comedor,
pegados a la chimenea.
También el perro Ciriaco,
que estaba acatarrado.
Era divertido,
pero papá y mamá
no dejaban de suspirar.
Querían que
parara de nevar enseguida
y que los colegios
volvieran a funcionar
otra vez.

Toda la comarca
quedó sepultada
bajo una enorme colcha blanca.
Y cada día
era más espesa,
porque no dejaba de nevar
ni un minuto.

El tío Celso vivía
en el edificio más alto
de la ciudad.
Me contó por teléfono
que había salido a la terraza
del último piso
y no había visto nada.
Sólo un inmenso mar de nieve
que casi llegaba
hasta allí arriba.
Era algo extraordinario:
parecía que
el mundo estaba hundido
en un gigantesco plato
de arroz con leche.

—¿Dónde está la ciudad?
¿Dónde están las casas
y las huertas?

—se preguntaba el tío Celso
muy alarmado.

No paraban de caer copos,
así que la casa del tío Celso
también quedó sepultada
enseguida.

Durante siete días
y siete noches
fue como si la ciudad
hubiera desaparecido.
Algunos viajeros
llegaban en trineo,
pero como no encontraban
ni las calles ni las plazas
pensaban que
habían confundido el rumbo.
Y después de hacerse un lío
y dar muchas vueltas
al mapa,
tomaban el camino de vuelta.
O seguían,
con cara de extrañeza,
para ver si la ciudad
estaba un poco más adelante.

Cuando, por fin,
desapareció la nieve
y pudimos salir de casa,
lo que vimos
era para no creérselo.
La ciudad parecía
en blanco y negro,
como las películas de antes.

26

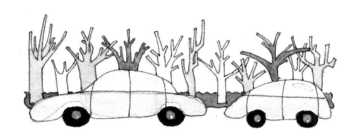

La nieve no estaba ya,
pero al derretirse
se había llevado consigo
los colores de las cosas.
Ni los árboles,
ni las casas,
ni los coches,
ni nada de lo que
había estado cubierto
por ella
conservaba su color.

Un sabio explicó
por la televisión
que hacía muchísimos años
ya había pasado
algo semejante.
—Después de no ver la luz
durante tantos días,
ya nada recuerda
cuál era su color.
Si queremos que las cosas
vuelvan a ser como antes,
no queda más remedio
que pintar todo de nuevo.

30

Los vecinos opinaron
que era una buena solución,
pero ¿quién iba a encargarse
de pintar?
Después de semejante nevada,
todos tenían
mucho trabajo atrasado.
Así que el alcalde
reunió a los niños
y nos pidió muy serio
que pintáramos nosotros
las calles y los parques,
las plazas y los campos,
las casas y los muros.

—Que no quede nada
sin pintar,
chavales,
porque es muy triste
vivir en una ciudad
sin rojos ni amarillos,
sin verdes ni azules
—dijo el alcalde.

Cuando le dijimos que sí,
que nosotros pintaríamos
lo que hiciese falta,
quedó muy reconfortado
y casi llora de la emoción.
Después,
repartió entre los niños
brochas y cubos de pintura.

¡Pintar es lo mejor
que se ha inventado en el mundo!

Dimos brochazos y pinceladas
toda la mañana,
hasta la hora de comer.

Como los mayores
estaban muy ocupados
en otros asuntos,
lo hicimos a nuestro aire,
sin que nadie nos molestara.

Así que Alberto
pintó los pinos
de color violeta
y Sara cubrió los abedules
de azul.

Isabel puso tejados verdes
a las casas de su barrio.

Inés y Paula dijeron
que la escuela
quedaría mejor de lunares
y, como tenían mucha razón,
nadie les llevó la contraria.

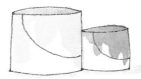

La verdad es
que la ciudad quedó genial.
Mil veces más bonita
que con aquellos colores corrientes
que tenía antes de la nevada.
¡Sin comparación!
Nos sentíamos muy felices.

Pero los problemas comenzaron
cuando los mayores
salieron de las oficinas
y de las fábricas.

Unos se llevaron las manos
a la cabeza,
otros se cayeron de culo
por el susto,
y había quienes gritaban
muy enfadados.
Y esto sin contar
el terrible atasco
que organizaron los semáforos
con las tres luces
pintadas de azul.

«¿Quién ha pintado de rojo
la hierba del jardín?

¿Quién ha dejado mi coche
como una carroza de carnaval?

¿Por qué los caminos son verdes
con lunares colorados?»,
decían indignados.

«¿Qué barbaridad es ésta?»,
preguntaban
frotándose los ojos.
«¡Que ahora mismo
arreglen semejante gamberrada!»,
exigían todos, impacientes.

Protestaron y protestaron,
sí, pero la pintura
se había secado ya.
Y no hubo manera de borrar
los nuevos colores.
Hasta el alcalde
pasó un día entero
dándole a los árboles
con un cepillo,
sin lograr nada.

Todavía quedan personas
que refunfuñan
cuando ven las estatuas moradas
y los castaños rosas,
pero ya se les irá pasando.

La ciudad es ahora
la más divertida del mundo.
Mi casa es verde
de arriba abajo,
con geranios
de hojas plateadas
adornando el balcón.
Las naranjas son blancas
y los gatos brillan
como si fueran de oro
en un jardín completamente azul.

Pero si quieres verla,
date prisa.
Tendrás que venir antes
de la próxima nevada.